VIAJE AL TEMPLO PERDIDO

Susa...

Ilu...

John ...ackman

Diseñado por Kim Blundell
Traducido por Alejandro Itzik
Director de colección: Gaby Waters

Diseño adicional y arte: Christopher Gillingwater
LUMEN

Contenidos

Acerca de este libro

V iaje al Templo Perdido es la historia de una aventura excitante que te lleva a una peligrosa travesía en la jungla, en busca de un fabuloso templo perdido.

A lo largo del libro hay muchos *puzzles* con trampas y problemas complejos que debes resolver para comprender la siguiente parte de la historia.

Observa cuidadosamente las ilustraciones para buscar pistas. Algunas veces deberás volver atrás en el libro para encontrar una respuesta. Hay pistas adicionales en la pág. 43 y puedes controlar las respuestas en las págs. 44 a 48.

Las aventuras de Jack y Em empiezan con una carta de su amiga Wanda.

Wanda

Muy Caliente
Junio 11

Queridos Jack y Em:
Hace mucho calor, desearía que estén aquí. Necesito su ayuda. La mitad de una máscara invaluable fue robada del museo de la ciudad. Los principales sospechosos son los hermanos Bruza, notorios ladrones de arte. Ahora, la otra mitad de la máscara, escondida en el legendario Templo Perdido, está en peligro. Debe ser salvada. La paz de Wat-A-Skor-Cha depende de ello. Déjenme explicarles la leyenda...

Jack   Em

Wanda Pharr es una famosa exploradora que trabaja en el caluroso y montañoso país de Wat-A-Skor-Cha. Da vuelta la página y continúa leyendo su carta.

La leyenda del Templo Perdido

La historia es algo así...

Hace mucho tiempo, en lo profundo de Wat-A-Skor-Cha, fue descubierto un antiguo y maravilloso templo. Nadie supo quién lo construyó ni por qué estaba allí. Dentro había una sala llena de magníficas máscaras. Una de ellas estaba hecha de un metal dorado que brillaba misteriosamente en la oscuridad. Su ojo izquierdo era una esmeralda invaluable y el derecho, un rubí perfecto...

Hasta entonces, el pueblo de Wat-A-Skor-Cha había vivido pacíficamente por cientos de años. Pero en el momento en que vieron la máscara, un extraño sentimiento se apoderó de todos. Sólo tenían ojos para ella y el único deseo de cada persona era poseerla. Comenzaron a discutir y estalló una fiera lucha. En la confusión se oyó el sonido de algo que se quebraba y la máscara se partió en dos mitades.

Entonces se hizo el silencio. La gente miró con temor las dos mitades. El brillo de la máscara había desaparecido. El hechizo estaba roto y las personas ya no querían pelear. Pero sabían que, si la máscara se unía de nuevo, su misterioso poder retornaría; tuvieron miedo.

Así, decidieron llevar una mitad a la ciudad y guardarla en el museo. La mitad derecha, con el ojo de rubí, fue dejada en el templo. De este modo, su extraño poder sería controlado. Desde entonces, las dos partes han permanecido separadas. El templo quedó en lo profundo de la jungla, pero el camino fue olvidado, y la selva es peligrosa y mortal. Muchos han tratado de encontrarlo, pero ninguno volvió...

Interesante historia, ¿eh? Sospecho que los hermanos Bruza robaron la máscara del museo y ahora están en camino al templo, para robar también la mitad con el rubí. Creo que hay una sola manera de evitarlo: debo encontrar el templo y rescatar la mitad de la máscara antes de que lo hagan ellos... La capacidad de ustedes para resolver enigmas sería una gran ayuda.

Desesperadamente

Wanda

Jack guardó la carta. Aceptaron el desafío de Wanda y viajaron a Wat-A-Skor-Cha. Sus cabezas zumbaban con preguntas. Lo más importante de todo: Em quería averiguar más sobre los hermanos Bruza. Ella sólo sabía que eran ladrones despiadados: el fumador de cigarros, Bill Bruza y su delgado hermano Brian.

Ahora tenían que encontrar a Wanda. Debajo de ellos estaba el valle de Muy Caliente, donde ella vivía. Jack dio vuelta el sobre para leer el remitente. Mirando de nuevo las cabañas, vio que era muy fácil averiguarlo.

¿Cuál es la casa de Wanda?

De: Wanda Pharr
Cabaña Marrón
Vista Árbol
Orilla del Lago

Muy Caliente
W.A.S.

VÍA AÉREA

VÍA AÉREA

Wanda explica

Jack y Em miraron a través de la puerta de la pequeña casa de Wanda.

"¡Jack, Em!", gritó ella. "Pasen. Les contaré lo que estaba haciendo."

"La noche después que la máscara fue robada del museo, se llevaron de mi cabaña un antiguo mapa que indicaba la ruta desde el Templo Perdido a Muy Caliente", explicó. "Estoy segura de que fue otro trabajo de los Bruza."

"Los Bruza no han sido vistos desde el robo", continuó. "Deben estar en camino al templo… y la otra mitad de la máscara. Cuando esté completa, obtendrán su extraño poder y quién sabe qué harán con él."

"Me suena un poco inverosímil", dijo Jack.

"Yo no sé si la leyenda es verdad", replicó Wanda. "Pero la máscara completa es invalorable… una obra de arte. No debe caer en manos de ladrones como ellos."

"De modo que DEBEMOS llegar al templo antes que ellos", suspiró Em. "Pero, ¿cómo hacerlo sin el mapa?"

"Bien", empezó Wanda tímidamente. "Creo que hay una copia en la caja fuerte desde los tiempos de mi antecesora, la estimada cronista Ima Homesic. Pero la caja no se abrió en mucho tiempo y no puedo recordar la combinación."

"Debe haber una forma de hacerlo", dijo Jack, mirando el dial.

"CREO que es una secuencia de seis números. Comienza con un uno", dijo Wanda, pensativa. "Y hay un cuatro en algún lugar…"

"Entonces, es fácil de resolver", dijo Em.

¿Cuál es la secuencia que abre la caja fuerte?

El mapa misterioso

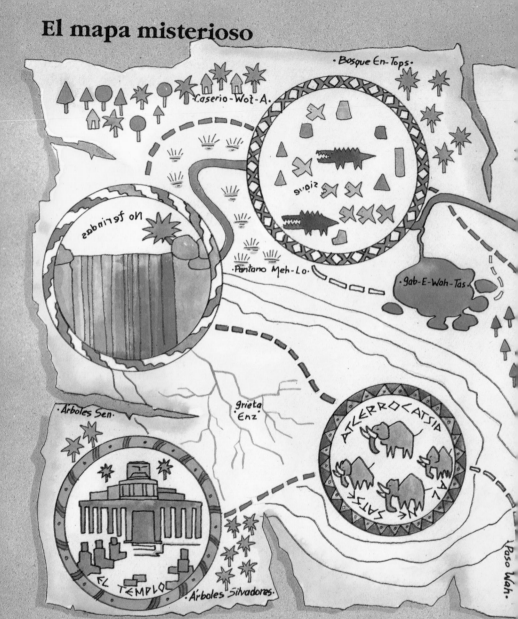

El dial hizo *click*, y se abrió la puerta de la caja. Wanda sacó un rollo de pergamino amarillento y lo extendió cuidadosamente sobre la mesa. Jack y Em fijaron la vista en el viejo documento.

Tenía extrañas figuras dentro de círculos unidos por líneas punteadas.

"Las líneas rojas deben indicar la ruta para volver del templo", dijo Wanda.

"Creo que las figuras son hitos. Si hallamos cada uno en el orden correcto, nos llevarán al templo."

"¿Por dónde comenzamos?", preguntó Em.

Jack miró los círculos y notó extrañas escrituras.

"Sé cómo empezar", dijo.

¿Lo sabes tú?

Comienza el viaje

A la mañana siguiente, temprano, Wanda por fin terminó de guardar en su mochila de exploradora todo el vital equipo para el peligroso viaje.

Por último, partieron. Treparon las colinas boscosas sobre el valle, alejándose del pueblo, la seguridad y la civilización en busca de la Greenus Lobie.

Más adelante, llegaron a un claro en medio de la jungla. Alrededor crecían grupos de coloridas flores.

"Aquí debe ser", dijo Wanda.

"Pero, ¿cuál es la flor correcta?", preguntó Em.

"Es fácil", respondió Jack, sacando de su mochila un libro sobre plantas de la jungla.

A su alrededor, todo era árboles tropicales y arbustos. No había senderos y tenían que abrirse camino a través de cañas de bambú y matorrales espinosos.

Pronto estaban resoplando y jadeando, a paso de montañés. El suelo era rocoso y las piedras se despedazaban y resbalaban bajo sus pies.

Flora de Wat-A-Skor-Cha

LOBUS TRISTE
Tallos largos. Las flores pueden ser púrpuras, rojas o amarillas. Cerca de los árboles.

LOBUS STINKUS
Hojas sin dientes. Mortalmente venenosa. Flores rojas de octubre a enero y púrpura de febrero a setiembre.

LOBUS ONDEANTE
Flores púrpuras o rojas. Atraen mariposas.

GREENUS LOBIE
Hojas sin dientes. Flores púrpuras de octubre a diciembre y rojas de enero a setiembre. Inofensivas.

LOBIE TREPADORA
Sin flores. Crece sobre los troncos de los árboles.

LOBIE ATRAPAMOSCAS
Flores rojas o amarillas. Come insectos. Hojas sin dientes.

LOBIE SHADUS
Flores azul claro. Crecen a la sombra de los árboles.

Buscó la página correcta y descifró las descripciones. Em y Wanda examinaron las flores. No iba a ser tan fácil, después de todo. Varias flores se parecían mucho.

Jack leyó el libro cuidadosamente y observó las plantas con mucha atención. Pronto fue capaz de resolverlo.

¿Cuál es la Greenus Lobie?

11

¿Cuál camino?

Jack se arrodilló, puso la brújula directamente bajo el grupo de Greenus Lobie y tomó una dirección. Hacia el este había un sendero a través del bosque.

"¿Cuál es el próximo hito?", preguntó Wanda, y partieron por el estrecho sendero que viboreaba atravesando la espesa jungla.

"Las extrañas cabezas de piedra", dijo Em, mirando el mapa.

Más adelante, los tres vieron, a través de los árboles, una pequeña aldea de pocas cabañas.

Cuando se acercaron, varias personas fueron a su encuentro. Em les pidió información.

El trío escuchó desalentado las diferentes direcciones. ¿Cuál era la ruta correcta? Wanda no podía decidirlo.

"Hay una sola cosa por hacer", suspiró. "Tomaremos la primera ruta. Si falla, haremos las otras en orden."

Jack y Em asintieron con desgano. Se pusieron en marcha, siguiendo las primeras instrucciones.

¿Dónde los llevó la primera ruta?

¿Y las otras?

Mensaje en las piedras

Cinco minutos después, se encontraron frente a un foso de serpientes de aspecto mortal. Jack y Em comenzaron a desear que Wanda no hubiera elegido la primera ruta. Pero, poco después, asombrados, hallaron el lugar que buscaban: las extrañas cabezas de piedra.

"El poder de la máscara debe estar de nuestro lado", sonrió Wanda.

Las gigantescas estatuas tenían diferentes rostros y formaban un gran círculo. Trozos de piedra yacían en el suelo.

Em estaba confundida. ¿Cuál es el secreto de las cabezas? Ciertamente eran siniestras. ¿Cuál era su significado y su mensaje?

Tal vez en el viejo mapa estaba la respuesta.

Se sentó en una roca, tomó el mapa de su mochila y lo desplegó. Leyó cuidadosamente, confiando en inspirarse. Pero no sería fácil sin saber qué buscar. De repente tuvo un destello y, mirando nuevamente las piedras, supo rápidamente cómo continuar.

¿Qué descubrió Em?

15

¡Empantanados!

La flecha indicaba el oeste. Los gritos y chillidos de los pájaros tropicales y animales de la jungla, resonaban a su alrededor a medida que se adentraban lentamente en hondonadas llenas de plantas extrañas y raras criaturas. De repente se detuvieron. Directamente frente a ellos, había un gran pantano.

"Nunca lograremos cruzar", gimió Jack. "Y no podremos seguir avanzando. La jungla es demasiado espesa."

"Podríamos vadearlo", sugirió Em, esperanzada.

"No, es demasiado peligroso", respondió Wanda. "La ciénaga parece profunda."

Arrancó una larga rama de la orilla y la sumergió en el pantano. Se hundió lentamente, con un fuerte gorgoteo.

Jack tembló al pensar en todas las cosas horribles que podían estar acechando en la ciénaga. Miró la jungla que rodeaba el pantano y vio ramas colgantes y gruesas plantas trepadoras. Un plan se formó en su mente y vio cómo cruzar.

¿Cuál es el plan de Jack?

La pista robada

El pantano terminaba en un extremo pegajoso y poco profundo. El trío peleó contra las oscuras aguas en sus tobillos. Em iba adelante, tratando de mantener un paso seguro, al seguir el sendero sumergido hacia tierra firme. Las moscas zumbaban ruidosamente alrededor de la cabeza de Wanda, que esquivaba sus furiosos ataques. En tanto, Jack sintió una sensación extraña en el brazo. Miró y vio sanguijuelas que chupaban golosamente su piel.

En lo profundo de la jungla, largas enredaderas colgaban de los árboles y rozaban sus rostros. Cerca del suelo, los arbustos espinosos arañaban sus piernas. Por suerte, Wanda recordó que llevaba un bastón para la jungla, que los ayudó a abrirse camino.

Jack comenzó a sentirse muy miserable. El sudor caía suavemente por su espalda y se preguntó si avanzaban en la dirección correcta. Cada vez hacía más calor.

Caminaban muy cerca detrás de Wanda y cuando ella se detuvo repentinamente, Em y Jack se tropezaron. Mientras se ayudaban a ponerse de pie, vieron un gran pedestal de piedra entre los árboles.

"¡La estatua!", gritó Jack.

"No está", gimió Wanda, y tenía razón: la base estaba vacía y faltaba la estatua.

"Debe haber desaparecido hace siglos", señaló Jack.

Pero Em no estaba tan segura. Revisando la base de la estatua, supo que había sido robada recientemente. Más aún, podía nombrar a los ladrones.

¿Qué descubrió Em?
¿Quiénes son los ladrones?

Maniatados

S úbitamente, Em sintió una mano sobre su hombro. Giró rápidamente, para encontrarse cara a cara con un hombre corpulento de cara redonda. Usaba un gran sombrero y de su boca colgaba un grueso cigarro. Infundía miedo.

"¡Acertaron!", gruñó Bill Bruza. "Pero, desgraciadamente para ustedes, éste es el último enigma que resolverán por mucho tiempo."

"Quizás para siempre", se rió su delgado hermano Brian.

Jack tragó saliva. Había escuchado mucho sobre la cruel pareja, pero nunca imaginó que parecerían tan villanos. Tembló, ya que el horrible dúo daba vueltas a su alrededor.

Brian Bruza ató las manos del trío y Bill los empujó rudamente hacia la selva tenebrosa. Los cautivos tropezaban sobre el suelo irregular, hasta que llegaron a un grupo de árboles altos.

Cena

"¡Alto aquí, es suficiente!", gritó Bill y luego ató a Wanda, Jack y Em a tres árboles robustos. "Acá es donde termina su viaje."

"Si no los devoran las fieras, morirán de hambre", cacareó Brian, siguiendo a su hermano que se alejaba por la selva.

Los prisioneros se miraron entre sí con desesperación. ¿Era el fin? Tiritaban a pesar del calor, ya que el mismo pensamiento cruzaba sus mentes. ¿Serían comida para los leones? Trataron de liberarse pero fue inútil. Sus manos parecían firmemente atadas.

¿Cómo podrán escapar?

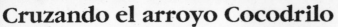
Cruzando el arroyo Cocodrilo

Jack tiró de las cuerdas y el nudo se desató. Luego movió libremente sus manos.

"Los Bruza necesitan una lección para atar nudos", se rió, mientras desataba las cuerdas de las muñecas de Wanda y Em.

A la distancia podían escuchar una corriente de agua y, en un destello, Wanda recordó el mapa. ¡Debía ser la catarata! Salieron a la carrera en dirección del sonido. Pronto llegaron a una ribera cubierta de hierba. Cruzando el río, estaba la catarata. Troncos y piedras formaban un sendero hacia la otra orilla del río.

"Crucemos aquí", dijo Jack, casi saltando sobre el primer tronco.

"¡Cuidado!", gritó Em. "¡No es un tronco, es un cocodrilo!"

Jack retrocedió rápidamente. Em tenía razón. También se dio cuenta de que algunos hipopótamos parecían piedras. Además, había moscas zumbando alrededor.

"¿Qué hacemos ahora?", preguntó Jack.

"Síganme", dijo Wanda. "Creo que sé por dónde cruzar."

¿Puedes encontrar una ruta segura para cruzar el río, evitando los animales acuáticos?

La sorpresa de la catarata

Treparon sobre la costa rocosa. La catarata caía y estallaba a su alrededor, y la espuma del agua salpicaba sus rostros.

"¿Cómo seguimos?", gritó Em en medio del estruendo de las aguas.

"Esto es inútil", se quejó Jack con tristeza, sentado sobre una roca. "¿Cómo puede esta catarata dirigirnos hasta el templo?"

"No podemos darnos por vencidos ahora", dijo Wanda. "Debemos encontrar el templo antes que los Bruza. Nos han sacado ventaja."

"Tal vez podamos ver algo desde la cima", dijo Em, comenzando a trepar las rocas laterales de la catarata. Wanda fue tras ella.

Jack las siguió con desgano. Se sentía muy miserable y hambriento, y sus botas estaban empapadas. Pero el ascenso era más fácil de lo que parecía. Podían asirse de las rocas y pisar en ellas.

Enseguida, Em fijó su vista en algo asombroso. Podía ser lo que estaban buscando.

"¡Miren allí!", gritó.

Se agruparon para investigar y vieron un boquete estrecho entre dos peñascos. Jack y Wanda apenas podían dar crédito a sus ojos cuando vieron, a través del agujero, una escalera de piedra que se perdía en la oscuridad.

Jack se sintió excitado; los tres se deslizaron entre las rocas y bajaron cautelosamente.

Al final había una cámara poco iluminada. Las paredes y el piso eran de piedra. Pero no había nada más para ver. La pista parecía haberse terminado. Ahora fue el turno de Em para sentirse abatida.

"Hasta aquí llegamos", dijo.

Jack estaba reclinado contra el muro, cuando dio un grito.

"¡Miren esto!", dijo, señalando una pequeña palanca de madera empotrada en una laja de piedra. La bajó con ansiedad.

¡WHOOSH! Hubo un ruido precipitado y el piso se abrió. Sus estómagos saltaron, ya que se sentían caer y caer por un pasadizo rocoso. CRASH. Tocaron fondo en medio de una lóbrega oscuridad.

Código críptico

H ubo un silencio, seguido por un suave susurro. Jack temblaba y Em sintió hormiguear la piel.

"Soy yo", dijo alegremente Wanda. "Estoy buscando las linternas en mi mochila."

Em deseó que Wanda se apresurara. La caverna era oscura y resbaladiza. De lejos llegaba el sonido de agua que goteaba y extrañas criaturas chirriaban en el silencio. Finalmente, Wanda encontró una linterna y la encendió.

"Vamos", dijo Wanda. "Ahora debemos resolver adónde ir."

Su voz se perdió a lo lejos. La luz de la linterna quebró la oscuridad y Wanda suspiró por lo que vio entonces.

Enfrente había una superficie de piedra, con un recuadro tallado y cubierto con varias hileras de extraños símbolos.

"¿Qué es esto?", susurró Jack, observando los signos.

"Es un viejo código de Wat-A-Skor-Cha", respondió Wanda. "Lo usaban los antiguos pueblos para mensajes muy secretos. Existen muchas variantes."

"¡Asombroso!", continuó. "Es la variante que estaba estudiando antes del viaje. Tengo las notas conmigo."

Mostró su trabajo a Jack y Em, pero aún no estaba completo.

"Si reemplazamos por letras los símbolos que conocemos, el resto del mensaje puede deducirse", dijo Em, pensativa.

¿Qué dicen los símbolos?

El rompecabezas de piedra

El mensaje decía que estaban cerca de su objetivo, pero primero tenían que encontrar los cristales verdes. Se preguntaban qué camino tomar, cuando Em descubrió un pasaje pequeño y estrecho al final de la cueva. Se deslizó por él para investigar.

"¡Por aquí!", llamó, y su voz resonó en el vacío.

Jack y Wanda la siguieron rápidamente. Se encontraron en una gran caverna circular. Las sombras se alargaban en las paredes y el agua goteaba de las grietas. Pero el aire frío era refrescante después del calor pegajoso de la jungla.

"¡Rápido! Alumbren aquí con la linterna", pidió Em.

Estaba al lado de la pared más alejada de la caverna, que, a la distancia, parecía áspera y desgastada. Pero había algo interesante sobre ella…

A la luz de la linterna vieron que estaba cubierta con extrañas pinturas, pero también había lugares en el muro donde la roca estaba desnuda.

A sus pies yacían trozos de piedra con más dibujos. Provenían de los lugares de la pared donde la roca se había desprendido.

"Puede ser otra pista", dijo Em. "Quizás debamos colocar las piezas faltantes."

¿Qué muestran las pinturas?

El camino de los elefantes

F ue emocionante ver el templo
en las pinturas, pero no
aprendieron nada nuevo. En ese
momento, su atención se distrajo
con una luz brillante en la esquina
de la caverna… ¡los cristales verdes!
Escarbaron con rapidez entre las
brillantes piedras. Pero la llave no
estaba allí.

"Los Bruza se nos adelantaron
nuevamente", refunfuñó Em.

"Entonces debemos apurarnos
para alcanzarlos", dijo Em.

Jack descubrió una pequeña
brecha en el techo, sobre ellos.
Tallados en las paredes había
asideros para manos y pies.

Sin aliento, el trío salió de la
cueva, hacia una meseta alta y
rocosa. El terreno era desértico,
pero a la distancia comenzaba
nuevamente la jungla. Wanda sacó
los binoculares de su mochila e
intentó orientarse.

De repente suspiró. A lo lejos
había un pequeño punto. No podía
creer lo que veía a través de los
largavistas. Al final… ¡el templo!
Apenas era visible en medio de los
árboles lejanos. Preparó la brújula
e inició la caminata final.

El sol caía a pleno a medida que cruzaban la meseta. Cuando ya pensaban que no irían muy lejos, Wanda divisó tres robustos elefantes y recordó el mapa.

"Viajaremos gratis", dijo.

Palmeó suavemente las rodillas de un elefante y éste se arrodilló. Wanda se trepó sobre el lomo.

"Está bien", dijo. "Soy experta en esto."

Jack y Em hicieron lo mismo y, a una palabra de Wanda, partió la extraña caravana.

Em se sorprendió de encontrar tan incómodo el paseo, pero era mejor que caminar. Pronto habían dejado el desierto y se internaban de nuevo en la jungla. Se bajaron de los elefantes y los dejaron junto a un estanque. Luego caminaron entre la vegetación.

Súbitamente se detuvieron. Estaban al borde de un precipicio muy alto. Abajo estaba el templo. ¿Llegarían alguna vez? TENÍAN que encontrar una forma de bajar el precipicio. Entonces Wanda tuvo una idea genial.

¿Cómo podrán descender?

El Templo

De pronto, el pulso se les aceleró, porque se acercaban a su meta. Allí estaba, alto e imponente… el Templo Perdido. Antiguas estatuas de piedra bordeaban el sendero hacia las pesadas puertas y sus rostros tallados los miraban con ferocidad. Las enredaderas cubrían las paredes, pero aun así, era magnífico. Habían llegado.

"Pero no está bien", dijo Jack fijando su vista en el templo. "No tenemos la llave para entrar."

Em caminó hacia las pesadas puertas de hierro. Empujó con todas sus fuerzas, pero no se abrieron.

Miró a través de la cerradura. Sólo vio oscuridad.

"Llegamos demasiado tarde", se lamentó. "Los Bruza deben haber trabado la puerta tras ellos. Ahora la máscara completa está en su poder y ya no pertenecerá más a Wat-A-Skor-Cha."

"No podemos darnos por vencidos ahora, después de todo lo que pasamos", dijo Wanda. "Debe haber otra forma de entrar."

Pero no encontraron otra puerta. Sus cerebros zumbaban. ¿Cuál era el próximo movimiento? Em miró nuevamente el templo, con frustración. Entonces recordó algo importante. Si su corazonada era correcta, había otro modo de ingresar.

¿Cómo podrán entrar al templo?

El episodio de los monos

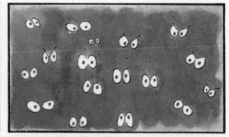

Em trepó a la estatua y con gran esfuerzo giró la cabeza de piedra. Hubo un sonido chirriante y un pequeño panel se abrió en el costado del templo. Cautelosamente, entraron en la oscuridad. Con horror, Jack vio que cientos de ojos los estaban observando.

"Aquí hay alguien más", jadeó Wanda. "Encenderé la linterna."

WHOOSH. Una criatura marrón, pequeña y peluda, se balanceó rozando la mejilla de Em. La sala estaba llena de monos parlantes, colgándose de las lianas y saltando por las paredes.

Examinaron el recinto y rápidamente se dieron cuenta de que la máscara no estaba allí. Caminaron por un corredor frío y estrecho que doblaba a la derecha.

Había estatuas. El corredor terminó; doblaron a la derecha hacia un pasaje más ancho, pasaron un mosaico con serpientes y giraron a la derecha.

La siguiente entrada era una sala sin salida, pero tenía un plano del templo. En el centro había una máscara. Debía ser el lugar que estaban buscando.

Jack trató de recordar la ruta hasta allí.

¿Dónde están ahora? ¿Cómo pueden llegar a la sala de la máscara?

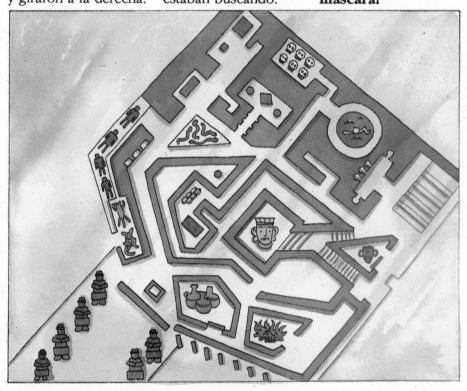

El retorno de los Bruza

Minutos después llegaron a la sala central del templo. Estaba repleta de máscaras. Algunas completas, pero la mayoría estaban quebradas.

Pero no hubo tiempo de buscar la mitad con el ojo de rubí.

En ese momento escucharon pasos y voces familiares detrás.

Eran los hermanos Bruza. Bill gruñía roncamente al delgado Brian, que se reía. Luego miraron amenazadoramente al trío, que se agrupó de nuevo.

Bill arremetió contra Jack, pero éste lo esquivó. Wanda hizo tropezar a Brian, quien voló al piso. Entonces, Em descubrió algo en el bolso de Bill y un plan desesperado se formó en su mente. Era su única posibilidad...

Se agarró de una liana y con un grito se lanzó hacia el bolso de Bill. ¡Un tiro certero! Antes de que Bill, asombrado, comprendiera qué había pasado, la máscara con el ojo de esmeralda saltó de su bolso.

Cayó por el aire con un golpe terrible, detrás de Jack, que no se preocupó sobre la forma en que la máscara había llegado allí.

Balbuceando, Brian saltó para agarrarla, pero Jack lo logró primero.

Jack lanzó la máscara a Wanda, justo cuando Brian lo alcanzaba. Ahora era Wanda la que esquivaba a los ladrones. Molestándose entre ellos en su intento desesperado por alcanzar la máscara, los Bruza se tropezaron hacia Wanda.

Ella los eludió sin demora y corrió dando un rodeo, pasándole velozmente la máscara a Em, que estaba oculta tras una gran estatua.

Los Bruza estaban mareados. No eran lo bastante rápidos para atrapar al trío.

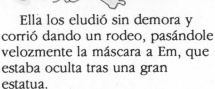

¡Por aquí! ¡Tengo un plan!

Pero Jack, Em y Wanda se estaban cansando. Tenían que escapar con la máscara, pero ¿cómo? Mientras esquivaban los puñetazos de los Bruza, Jack tuvo la sensación de que había visto antes esa sala en algún lugar.

Pensó en todo lo que sabía sobre el templo y se dio cuenta de que esa sala guardaba el secreto para atrapar a los Bruza.

Si sólo pudiera encontrar la palanca… Tomó la máscara y corrió.

Llegó a la esquina del recinto, con los Bruza en su persecución. Jack giró para eludirlos. Los hermanos chocaron y Jack se lanzó hacia el muro.

¿Cuál es el plan de Jack?

La máscara desaparecida

J ack tiró velozmente de una rústica palanca y se produjo un fuerte sonido chirriante. Antes de que los Bruza tuvieran tiempo de nada, una pesada reja de madera cayó en un extremo de la sala, atrapándolos.

"Buen trabajo", se rió Wanda. "Tendremos que ir a la aldea más cercana para que nos ayuden con los ladrones."

Jack sostenía la media máscara que los Bruza habían robado del museo y la miró de cerca por primera vez. El ojo esmeralda parecía parpadear.

"Debemos encontrar la otra mitad", dijo Em. "No olvidemos el mensaje."

La sala estaba llena de reliquias. Había estatuas, ídolos y cientos de máscaras rotas. Encontrar la mitad correspondiente parecía imposible. Entonces, con el rabillo de su ojo, Wanda vio algo brillante. Si la vieja leyenda sobre la máscara era cierta, habían encontrado la otra mitad, abandonada por siglos en el templo.

¿Dónde está la media máscara del templo?

Las ruinas del templo

Cuidadosamente, Wanda sostuvo en sus manos ambas partes de la máscara. Jack y Em miraban con aliento entrecortado, ya que Wanda dudaba, preguntándose si debía unirlas.

De pronto se produjo un brillante destello y la máscara saltó de las manos de Wanda. Como si fuera mágica, de nuevo estaba completa. El piso tembló y una lluvia de piedras cayó del techo.

"¡Salgamos de aquí!", gritó Em. "El techo se desploma."

Pero un gemido atemorizado la hizo darse vuelta con rapidez. Los Bruza permanecían atrapados. Sin demora, Jack accionó la palanca. La reja se levantó y los Bruza corrieron fuera del templo con gritos petrificados.

El templo se derrumbaba por completo. Trozos de piedra caían a su alrededor. Em y Wanda se lanzaron hacia la puerta, a través del laberinto de corredores hasta la salida del templo. Jack estaba detrás de ellas, pero se detuvo para mirar la máscara que estaba vibrando y brillando. Jack se estremeció y se apuró a salir, justo antes de que cayera el techo.

Llegó a la seguridad de la jungla justo a tiempo. En medio de una nube de polvo se oyó el fuerte ruido de la caída final del templo. Tosiendo y lagrimeando, Wanda, Em y Jack miraron en silencio las ruinas.

"La máscara era más poderosa de lo que pensamos", suspiró Em finalmente. "Pero al menos nadie podrá llevarla ahora. Desapareció para siempre."

¿O no es así?

41

Qué sucedió luego...

Queridos Jack y Em:

Confío en que disfrutaron el resto de sus vacaciones y que volvieron a salvo. Sólo unas rápidas palabras para darles las gracias por su ayuda. ¡No podría haberlo hecho sin ustedes! Creo que les interesarán estos recortes de diarios. Por cierto, las cosas han estado tranquilas desde su partida. Como sea, manténganse en contacto y encontrémonos pronto, ¿sí? Les prometo vacaciones descansadas la próxima vez.

Con amor, *Wanda*

"Diario Skorcha", Julio 20

FIESTA EXITOSA

La fiesta anual del orfanato de Wat-A-Skor-Cha fue un gran éxito, reunió mucho dinero para caridad. En particular, la tómbola fue el juego favorito de la multitud. La fiesta fue abierta ceremoniosamente por el Sr. Bill Bruza, recientemente electo director del orfanato.

OSCURO PASADO

Su nombramiento causó sorpresa en aquellos que conocen sus actividades anteriores. Sin embargo, su reciente y muy generoso ingreso en el mundo de la caridad para los niños mostró su sinceridad para reformarse.

SOBRENATURAL

Preguntamos a Bill por qué dio todo su dinero para la caridad y dónde estaba su hermano Brian, su ex-socio en el crimen. La respuesta del Sr. Bruza fue muy vaga: habló de una extraña experiencia sobrenatural, y unos jóvenes que habían salvado su vida. "¿Mi hermano Brian? Tomó unas largas vacaciones en el Caribe", concluyó Bill.

El Mundo de Wat-A-Skor-cha Julio 22

NOVEDADES DEL TEMPLO

Mucho exploradores intentaron —y fallaron— encontrar la ruta hacia el Templo Perdido. La exploradora Wanda Pharr y sus jóvenes ayudantes Jack y Em hicieron el último mes este intrépido viaje. Heroicamente evitaron que la fabulosa máscara cayera en las manos de dos crueles ladrones.

MISTERIOSO

Luego que un terremoto destruyera el templo, la máscara desapareció bajo las ruinas. Sin embargo, nunca se sabrá si realmente la máscara se perdió para siempre.

DESCUBRIMIENTO CASUAL

Más luz sobre esta cuestión surgió cuando un grupo de botánicos, dirigidos por la distinguida científica Teresa Green, tropezó con las ruinas del templo. La Sra. Green y su grupo se extraviaron en la jungla buscando la rara planta Orquídea Narcótica cuando descubrieron casualmente el Templo Perdido.

Teresa Green

TRAGADO POR LA TIERRA

"Vimos la máscara, brillando entre los escombros", dijo la Sra. Green. "Uno de mi equipo se acercó para agarrarla. Justo la tierra tembló y comenzó a partirse. Se oyó un trueno. Volaron chispas... fue fantasmagórico. Retrocedimos justo a tiempo. El suelo se abrió y se tragó al templo, con máscara y todo. Con otro temblor se cerró nuevamente. No quedaba nada del Templo Perdido."

¿LA VERDAD? Comentario de Ed. Quién duda de que la historia del Templo Perdido y su máscara fabulosa es extraña. ¿Habrá algo de verdad en la leyenda sobre el poder de la máscara, después de todo? Seguramente no, aunque tal vez usted podría tener su propia idea...

de "El Skorch", Julio 26

Brian Bruza

EL RITMO DE BRIAN BRUZA

¿Loco por la danza? ¿Loco por pasar un buen rato? ¿Simplemente loco? Venga a la isla de Ripee-Offee en el Caribe y experimente la magia y el brillo de una discoteca dinamita. EL RITMO DE BRIAN BRUZA. Verdaderamente, una noche para recordar.

* La primera noche
BAILE DE MÁSCARAS *

Pistas

Respuestas

Páginas 4-5

En el sobre, Wanda describe la ubicación de su casa.

Ésta es la casa de Wanda.

Páginas 6-7

La combinación que abre la caja es 1, 4, 7, 10, 13, 16. Los números forman una secuencia que se incrementa de a tres.

Páginas 8-9

Jack notó que los círculos tienen pistas escritas. El dibujo de la flor está marcado con el número 7. El templo, con el número 1. Esto sugiere que la ruta corre desde el templo hacia la aldea. Hay sólo siete círculos, de modo que el dibujo de la flor es la primera pista en la ruta desde Muy Caliente. El escrito está en una línea continua. Agregando los espacios, dice: "O (este) desde Muy Caliente al Valle de las Flores. Luego E (ste) desde la flor Greenus Lobie." Las palabras alrededor de las cabezas de piedra están escritas al revés.

Dicen: "Usa tus ojos." El escrito alrededor de los elefantes también está al revés. Dice: "Estás en la pista correcta."

Los mensajes en los dibujos del cocodrilo y de la catarata están escritos "en espejo".

Dicen: "Sigue" y "No te rindas".

Páginas 10-11

Hay sólo una planta que responde a la descripción de la Greenus Lobie. Como es el mes de junio (ver la carta de Wanda en la pág. 3), el libro dice que los pétalos son rojos.

La Greenus Lobie está marcada

Páginas 12-13

Todas las rutas conducen a las piedras, pero siguen senderos diferentes. Cada una está marcada en el dibujo.

CLAVE:

Ruta A ———————

Ruta B ———————

Ruta C ———————

Páginas 14-15

Em descubrió una flecha de piedra. Es la misma marca que se ve en el círculo, alrededor de las cabezas de piedra dibujadas en el mapa.
Aquí está la piedra.

Páginas 16-17

Éste es el plan de Jack:

1) Usando las ramas, subirse a este árbol.

6) Caminar por el tronco hasta la costa.

2) Deslizarse por esta rama y saltar a esta isla.

5) Pisar en esta piedra para alcanzar el tronco del árbol.

3) Arrancar esta horquilla y usarla para enganchar las lianas.

4) Balancearse hasta esta isla.

Páginas 18-19

Em descubrió tres cosas:
1) Las enredaderas que cubren la base no han crecido aún sobre el lugar donde estaba la estatua, y sugieren que fue recién robada .
2) Hay pisadas frescas hacia y desde el pedestal, que no son del calzado de Jack, Em ni Wanda. (Puedes ver la suela de sus zapatos en la pág. 18). Esto indica que alguien ha estado allí poco antes.
3) Hay un cigarro humeando entre los arbustos. Em sabía que Bill Bruza fumaba cigarros...

Páginas 20-21

Las manos de Jack fueron atadas con un nudo fácil de desatar. Si tira del extremo de la cuerda, el nudo se soltará. Las cuerdas alrededor de las manos de Wanda y Em están mejor anudadas.

Páginas 22-23

La ruta segura para cruzar el río está marcada en negro.

Páginas 26-27

Para descifrar el mensaje, primero reemplaza todos los símbolos anotados en el cuaderno de Wanda por la letra correspondiente, por ej.: ∾ = A y / = I, etc. Cuando lo hayas hecho, podrás resolver el resto de las letras para formar las palabras.
El mensaje traducido, agregando puntuación es:

La puerta del templo cerrada estará/ pero la llave bajo los cristales verdes está./Si todo falla y la puerta no puedes encontrar/gira la cabeza que mira hacia atrás./Pero el que entre tenga mucho cuidado/si tiene la mitad esmeralda en su mano/a su compañera con rubí debe ser unida/y la suerte del templo estará definida.

Páginas 28-29

Así queda la pintura completa. Muestra a los antiguos pueblos volviendo del templo.

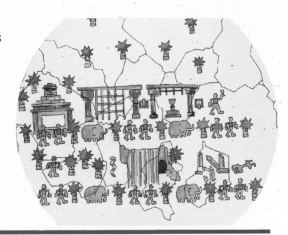

Páginas 30-31

Wanda tiene una cuerda en su mochila (pág. 10). Si la atan a la roca firme de la cima del precipicio, podrán usarla para descender.

Páginas 32-33

Em descubrió que la cabeza de esta estatua está dada vuelta. Recordó la frase del mensaje críptico de la caverna (págs. 26 y 27): "Si todo falla… gira la cabeza que mira hacia atrás." Em se dio cuenta de que ésa era la cabeza a la que se refería el mensaje.

Páginas 34-35

La ruta que ellos acaban de recorrer está marcada en negro. El camino a la sala de la máscara está señalado en verde.

Ellos están aquí.

Páginas 36-37

Jack ha visto antes la sala en la pintura mural de págs. 28 y 29. De allí, él supo que cuando la palanca en el muro es accionada, cae una reja, encerrando una esquina de la sala para proteger la máscara.

Se dio cuenta de que, si llevaba a los Bruza hacia ese rincón, podría atraparlos tras la reja.

Páginas 38-39

Aquí está la otra mitad de la máscara.

La leyenda dice que la mitad izquierda tiene un ojo esmeralda y la derecha un ojo rubí. Jack está sosteniendo la mitad esmeralda. Esto significa que deben buscar la parte con el ojo de rubí.

Páginas 40-41

Puede verse la máscara asomando entre los escombros. Aquí está.

© 1990 by LUMEN. Viamonte 1674, (1055) Buenos Aires, República Argentina. ☎ 49-7446. Fax 54-1-814-4310. Impreso en R.O. del Uruguay. Imprenta Rosgal S.A. Gral. Urquiza 3090. ☎ 47.25.07 Fax (598-2) 47.29.37 - Dep. Legal N°

Imp. Rosgal S.A. D.L. 246.016/90